I0550956

LE
CATACLYSME
ET
LES RUINES,

PAR J. A. ROBERT.

PARIS.
DUMONT, ÉDITEUR,
PALAIS-ROYAL, 88, AU SALON LITTÉRAIRE.

1841.

LAGNY. — IMPRIMERIE D'A. LAURANT.

LE CATACLYSME

ET

LES RUINES.

L'histoire du genre humain antérieure au dernier cataclysme n'existe pas ; on ne trouve dans les nombreux
vestiges du monde d'alors aucune trace de l'humanité ;
partout où l'exploration est parvenue, les géologues ont
constaté un ou plusieurs cataclysmes (1), mais on n'a
trouvé nulle part un ossement humain évidemment an-
térieur. Ainsi l'histoire du globe terrestre, plus cer-
taine que celle de l'humanité, est aussi d'une incompa-
rable antiquité. Est-ce à dire que l'humanité soit plus
récente que le dernier cataclysme? Non; le genre humain avait produit, avant cette catastrophe, la plus belle,
la plus grande, la plus complète civilisation, soit comme
morale, soit comme intelligence, soit comme richesse,
et les preuves, nous les trouverons dans ses ruines, à
Balbeck, à Palmyre.

Les débris d'animaux et de végétaux nés dans les con-
trées équinoxiales et trouvés dans l'Asie septentrionale (2), prouvent qu'un cataclysme a fait tourner la
terre sur son axe; la même révolution a transféré Pal-

(1) Cuvier.   (2) Pallas.

myre et Balbeck d'un tropique à l'autre, une invasion subite des eaux a détruit les habitants; la fluctuation de ces eaux a changé la superficie du pays, défigurée d'ailleurs par les conséquences d'un autre niveau, et la mer, en se fixant dans ses nouvelles limites, a rendu à l'aspect du soleil les monuments qu'il éclaire aujourd'hui.

Dans les temps modernes, les ruines de Balbeck et de Palmyre ont été l'objet de plusieurs voyages intéressants : le premier est celui de Wood et Loubers, aidés par le chevalier Dawkins; Volney en a parlé longuement d'après eux. M. de Lamartine a vu Balbeck; Heeren donne le journal d'un Arabe qui a accompagné M. de Lascaris à Palmyre; enfin, la Roque, en 1688, et Poccocke, vers le milieu du dernier siècle, avaient aussi visité Balbeck. Dans l'antiquité, le roi Salomon fait la conquête de Palmyre (1); le triumvir Antoine, vainqueur en Orient, en abandonne le pillage à sa cavalerie. Sous l'empereur Auguste, une légion passe à Balbeck; un centurion constate sa présence par une inscription qui subsiste, semblable à celle de Thèbes, laquelle nous instruit du passage d'une légion venant de Trèves dans les Gaules, pour aller tenir garnison à Syenne (2). Depuis, l'empereur Antonin s'est occupé de Balbeck, et enfin, son précédesseur Adrien avait donné des soins à la ville de Palmyre, devenue plus tard le siège d'une puissance détruite par Aurélien.

Les écrivains grecs ou latins qui ont parlé de Balbeck ou de Palmyre, sont : Josèphe, Appien, Vopiscus, Pline et Jean d'Antioche. Josèphe dit de Salomon : « Il y con-

(1) *Les Rois.*   (2) Denon.

« struisit (à Palmyre) de bonnes murailles pour s'en as-
« surer la possession, et il l'appela *Tadmour*, qui signi-
« fie lieu des Palmiers. » Cette ville portait sans doute
ce nom avant la visite de ce roi, elle le devait à une circonstance très-précieuse pour les hordes nomades qui la
fréquentaient. Appien dit des habitants de Palmyre :
« Ce sont des marchands qui passent aux Romains les den-
« rées qu'ils sont allés chercher chez les Arabes et chez
« les Parthes. » Vopiscus : « C'est de Palmyre que les Ro-
« mains tiraient des vêtements tout en soie. » Pline :
« Palmyre, placée entre deux empires puissants, celui
« de Rome et celui des Parthes, voit son alliance re-
« cherchée par eux. » Jean d'Antioche attribue à l'empereur Antonin-le-Pieux la construction d'un temple
à Balbeck. Nous examinerons plus loin ces faits et
ces témoignages, occupons-nous d'abord des anciennes
relations de ces villes, si délaissées aujourd'hui.

Il a toujours existé des rapports de commerce entre
l'Inde et les nations occidentales par le golfe Persique ;
ce commerce se faisait dans le temps des Parthes au
moyen de caravanes qui, de Palmyre, se dirigeaient au
midi sur Pétra, où se trouvaient les produits de l'Arabie ;
à l'orient, sur Vologésocerta, pour ceux de l'Inde ; enfin,
à l'occident, elles prenaient la route des échelles de Syrie par Émèse, Héliopolis ou Balbeck et Dumas. Tout
le temps que Palmyre s'est trouvée sur la route des richesses, la population qui habitait ses ruines a pu prospérer : elle était placée entre l'Euphrate et les échelles de
Syrie, son territoire offrait de l'ombre et de l'eau, et son
enceinte protégeait les voyageurs ; sous les séleucides,
sous les empereurs, surtout pendant le règne pacifique
des Antonins, âge d'or de l'Empire, cette ville s'est en-

richie ; plus tard, victime du malheur de ses princes, elle fut assiégée et prise par Aurélien, qui conquit Palmyre et triompha de Zénobie.

Cependant les caravanes ne suivirent pas toujours le même itinéraire, elles ne furent pas constamment fidèles à la station des palmiers, et enfin, sous le Bas-Empire, Palmyre partagea les vicissitudes des cités frontières saccagées par les Parthes, et fut réduite à peu près à l'état où nous la voyons aujourd'hui (1).

Nous avons vu que le plus ancien témoignage que nous ayons de l'existence de Palmyre, remonte au roi Salomon ; quant à Balbeck, « sous les Romains, au « temps d'Auguste, elle est citée comme tenant garni- « son, et il reste sur la porte du midi, en entrant, une « inscription qui en fait preuve ; car on y lit en lettres « grecques : *Kenturia prima* (2). » Remarquons que la place qu'occupe cette inscription, est telle qu'on ne peut pas élever le moindre doute sur l'état des lieux au moment où elle fut gravée ; elle est sur la porte d'un temple à son entrée méridionale ; ainsi, ce temple et tout le massif sur lequel sont construits tous ces monuments existaient alors dans l'état où on les a retrouvés.

Une circonstance de la vie d'Antiochus explique la nature des travaux exécutés à Palmyre, à Balbeck et dans cent autres villes de l'Orient. Ce prince fit entourer de murs la ville de Margiana, et lui imposa son nom : *Antiochia margiana ;* ces travaux usités dans tout l'Orient sur la route des caravanes avaient pour but la protection des caravansérails, la sécurité des marchands, la sûreté des marchandises et les revenus du fisc. Ceci confirme le texte de Josèphe sur les con-

(1) Heeren. (2) Volney.

structions que Salomon fit faire à Palmyre, et explique celles que Balbeck dut à l'empereur Antonin, qui passe dans l'histoire pour y avoir fait bâtir un temple. M. de Lamartine y a reconnu les débris d'un mur d'enceinte ; enfin, les travaux exécutés par les ordres de l'empereur Adrien, à Palmyre, n'avaient probablement pas un autre caractère, et il en prit occasion de lui imposer le nom d'*Adrianopolis*. L'histoire plus récente du commerce des Génois vient à l'appui de nos assertions ; ils tiraient les denrées de l'Inde par une route qui traversait la Perse et l'Arménie (les croisades alors désolaient le littoral de la Syrie, et en excluaient les affaires) ; des frontières de l'Arménie à Trébizonde ils avaient, d'une journée de marche à une autre, dans des endroits choisis, des postes fortifiés et des garnisons qui fournissaient des détachements pour escorter les marchands de poste en poste ; et de Trébizonde, les marchandises traversaient la mer pour aller à Tana dans la Tauride, d'où elles étaient transportées de la même manière à Constantinople. Mahomet II mit fin à ce système ; enfin aujourd'hui nous voyons les Anglais qui veulent rétablir la voie de l'Inde par la mer Rouge, faire bâtir des hôtelleries dans le désert, sur la route de Suëz au Caire, et ces hôtelleries seront sans doute à l'abri d'un coup de main de la part des Arabes ; ce sont toujours les travaux et les soins de Salomon, d'Antiochus et d'Adrien.

Mais à quelle nation de l'antiquité attribuerons-nous la construction de ces villes ?

M. de Lamartine dit : « Elles sont d'une époque inconnue, peut-être antê-diluvienne. » Ce jugement ne s'applique qu'à la terrasse immense composée de blocs énor-

BIBLIOTHÈQUE ROYALE

mes sur laquelle sont construits les temples de Balbeck, et cette pensée de l'illustre orateur laisse la question entière, ainsi examinons : Au premier coup d'œil ce ne sera pas aux Égyptiens, dont l'architecture n'a aucun rapport avec celle de Balbeck et de Palmyre, et qui d'ailleurs y auraient laissé des traces de leur religion et de leurs habitudes ; ce ne sera pas aux Romains qui reçurent des Grecs la philosophie, l'éloquence et l'architecture, et dont les armées n'avaient pas même vu ces ruines, ni aux Grecs qui ont tout dit, tout écrit, et n'en ont jamais parlé comme ouvrage de leur création, qui n'en ont même pas eu connaissance pendant leur vie de peuple, eux dont les plus beaux monuments ne sont que des miniatures auprès de ces ruines gigantesques. Restent les empires d'Assyrie, car les Mèdes, les Perses et les Parthes, sont hors de cause ; les Mèdes n'ont rien laissé : on a trouvé les tombeaux de Darius et de Xerxès ; on a déchiffré leurs épitaphes ; voilà ce qui reste des Perses dans leur propre pays, non loin de leur capitale et de ses tristes vestiges ; quant aux Parthes, Dieu sait ce qu'ils ont détruit, mais personne n'a retrouvé ni leurs palais, ni leurs tombeaux ; tous ces peuples profitaient des travaux des nations subjuguées ; ils habitaient leurs palais et leurs villes, et priaient dans leurs temples. Harcelés au nord par des montagnards indomptables, ils n'ont jamais soumis les peuples qui les séparaient de l'Inde, ni les tribus d'Arabes auxquelles le désert, dans ses profondeurs, garantissait l'indépendance ; ni même les habitants des montagnes du Liban, toujours inquiets ou révoltés ; jamais ces nations n'ont joui du repos, de la sécurité, possédé les richesses, connu les arts, les sciences, que de telles entreprises supposent, et jamais leurs mains barbares n'ont manié les ciseaux qui ont sculpté les plafonds, les bas reliefs et les dentelles de marbre qui enrichissent les temples de Balbeck et de Palmyre; magnificences dont la conception, le dessin et l'exécution, ont fait la gloire de tant d'artistes, précurseurs de Michel-Ange et de Canova, jusqu'au jour où le cataclysme a tout détruit, empire, peuple, gloire.

Ainsi, passons aux empires d'Assyrie, antique civilisation des bords de l'Euphrate et du Tigre; ceux-là du moins ont construit Ninive et Babylone; M. Rich a reconnu les ruines de Ninive près de Mosul à *Niniveh* (1); d'autres ont vu et décrit les ruines de Babylone : ce sont des tas de briques et de bitume; le temple de Bélus débris immense, est construit en briques et ne présente aucun point de comparaison avec les ruines des villes dont nous cherchons l'origine; il n'est pas certain que ces peuples aient dominé à Palmyre ni sur les rampes du Liban; les conquêtes se font et s'affermissent dans les lieux habités, cultivés, enrichis, où l'on trouve des sujets et des richesses; c'est donc dans la Mésopotamie et sur les rives de ses fleuves, que ces peuples établirent leur empire, et c'est sur celles de l'Euphrate qu'ils ont laissé leur gloire et leurs monuments.

C'était une chose facile et journalière à Palmyre, à Balbeck, que de tirer de la carrière, transporter et mettre en place des masses énormes. Citons M. de Lamartine : « Il y est resté (dans une carrière près de Balbeck) une pierre taillée sur trois faces, qui a soixante-

(1) Bibliothèque de Genève, n° 36, pag. 329.

« neuf pieds de long sur douze pieds dix pouces de
« large et treize pieds trois pouces d'épaisseur. » Un
temple de cette ville tirait son nom moderne de l'énor-
mité de trois blocs qu'on remarquait à sa base (1); cet
art ne se retrouve que dans l'Inde et l'Égypte anti-
ques (2); aucune autre nation de l'antiquité ne paraît
l'avoir possédé au même degré, et il a fallu le créer
pour élever à Rome l'obélisque de Sixte-Quint, et sur la
place de la Concorde, à Paris, le monolythe de Louqsor.

Wood et Loubers attribuent la construction de Palmyre et de Balbeck aux empereurs qui ont suivi Dioclétien, au troisième âge de Rome; mais il faudrait que ces
ruines n'eussent pas précédé cette époque brillante.
Nous avons prouvé, pour celles de Balbeck, qu'elles sont
contemporaines de l'empereur Auguste, et celles de
Palmyre étaient gisantes dans le désert, dans le temps de
Salomon; et puis l'histoire le dirait, les monuments
parleraient; ce n'est pas après Dioclétien que de telles
entreprises auraient été passées sous silence; et les Romains n'épargnaient pas les inscriptions ni les cérémonies d'inauguration, les dédicaces, etc., etc.

Wood et Loubers argumentent de l'emploi de l'ordre
Corinthien; mais la colonne, sa base et son chapiteau
sont d'origine naturelle; c'est l'arbre dépouillé de son
écorce et arrondi, puis orné et embelli; le modillon est
un vestige des chevrons, qui, dans les monuments de
bois, portaient la toiture et l'entablement; et l'article
AME, du *Dictionnaire philosophique* de Voltaire, raconte
mot à mot les croyances des nouveaux Zélandais.

(1) *Encyclopédie Méthodique*, article BALBECK.
(1) Heeren, traduit par Suckan, v. 3, p. 93.

Si nous jetons un regard sur les ruines des capitales
magnifiques que l'humanité moderne a nommées Balbeck et Palmyre ; si nous relisons leurs descriptions ;
si nous nous pénétrons des sentiments qui se sont
élevés dans l'âme de ceux qui les ont contemplées,
et surtout de ceux exprimés dans les brillantes pages
de M. de Lamartine (1), nous nous dirons : « Est-
« il possible que Balbeck, que Palmyre, aient été con-
« struites dans des déserts ? » Remarquons-le : il n'y
a pas même un oasis, à Palmyre, on n'y voit que du sable et deux sources d'eau saumâtre ou sulfureuse, des
palmiers ; puis au nord jusqu'auprès des rives de l'Euphrate, à l'occident jusqu'aux pieds du Liban, à l'orient
et au midi, sans fin, le désert (2). Comment donc aurait-
on pu construire la ville immense dont il ne reste que
les temples, comme si de tout Paris on ne retrouvait que
ses basiliques, ses palais, ses arcs-de-triomphe ? il n'y a
qu'un miracle qui puisse expliquer de tels travaux dans
de tels lieux ; les grandes villes ne sont devenues im-
menses que pour avoir joui d'une belle position ; elles
sont situées sur le rivage d'une mer, d'un fleuve ou d'un
lac ; elles sont le siège des gouvernements et le séjour
des souverains. Madrid ferait exception si Madrid avait
pu devenir immense, et le malheur de l'Espagne est de
n'avoir pas une capitale prépondérante par l'étendue,
les lumières et la richesse.

(1) *Voyage en Orient.*

(2) « Nous découvrîmes tout à la fois la plus grande quantité de
« ruines que nous eussions jamais vue, et derrière ces mêmes
« ruines, une étendue de pays plat à perte de vue sans le moin-
« dre objet animé. »
Wood et Loubers, cités par Volney, *Voyage en Syrie.*

Rassemblez des architectes, des maçons, des manœuvres ; montrez-leur les ruines de Palmyre et les deux sources dont l'eau désaltère les chameaux et les chameliers du désert, que vous diront-ils ? « Pas d'eau, partant « point d'ouvriers ; point de matériaux, point de travaux ; « et que voulez-vous qui supplée au manque d'eau ? » Appelez les économistes : « Quoi ! diront-ils, ni champs, « ni gerbe, aucuns moyens alimentaires ! en guise de « mers, de fleuves, de canaux, de routes, le désert et des « caravanes ! Une existence précaire pour quelques mar- « chands et les desservants d'un caravansérail, et une « ville immense (1) ! Impossible, il fallait du pain, de « l'eau, des substances plus nourrissantes et de toutes « ces choses abondamment ; en Égypte, il y avait le Nil « et des oignons. » Que sera-ce si nous consultons les savants ? De l'existence de temples si beaux on va conclure les arts ; des arts les sciences, la population et la richesse, et ce sont des inductions d'une force irrésistible. Et comment la richesse, les sciences, les arts et la population, auraient-ils pu naître et prospérer dans des sables ? Tout se tient. Si vous prenez pour données des temples magnifiques, il faut en conclure le mobilier, les ornements de ces temples, l'entretien des ministres du culte, leur nombre, leurs richesses, et de l'ensemble de ces choses un gouvernement qui protégeait des cérémonies

(1) Quand la cavalerie d'Antoine arriva pour piller à Palmyre, elle ne trouva personne ; vingt-quatre heures avaient suffi aux habitants prévenus pour fuir avec leurs richesses sur l'autre rive de l'Euphrate ; mais du temps de Zénobie, les choses étaient différentes ; cette reine dominait les rives de l'Euphrate ; elle y possédait une ville qui portait son nom.

Bibliothèque universelle de Genève, n° 36, *Expédition sur l'Euphrate.*

dont l'éclat, le luxe, la grandeur, étaient en harmonie avec les temples; les inimaginables richesses d'un pays qui a pu en consacrer une partie à de tels travaux, à de si grandes dépenses, car nous savons qu'un pied cube de pierre en place représente une journée d'homme, qu'un pied carré de sculpture en représente dix, quinze, vingt; et puis le degré de lumières, la moralité sur lesquels était fondé le progrès qui a pu produire de telles richesses, le temps qu'il a fallu pour parvenir aux unes, acquérir les autres ; les longues années de paix qui ont permis de se livrer à de telles occupations, de vaquer à de si nobles travaux, la grandeur des règnes dont ces capitales ont été les témoins et l'ouvrage ; leur illustration par la guerre et l'administration, les arts, les sciences et l'industrie : car l'architecture et la sculpture, à Balbeck, à Palmyre, l'étendue, le nombre, la grandeur et la beauté des monuments ; supposent et prouvent tout ce qui constitue et compose, illustre et immortalise les grandes nations (1).

Jetons un regard sur nous-mêmes. Comment Paris s'est-

(1) « Le seul vice ici (à Balbeck) c'est trop de richesse; la « pierre est écrasée sous son propre luxe, et les dentelles de « marbre courent de toutes parts sur les murailles. »

Voyage en Orient, vol. III, p. 28.

« Nous avions en face, du côté du midi, un autre temple placé « sur le bord de la plate-forme ; c'est le monument le plus en- « tier, le plus magnifique de Balbeck, et j'oserai dire du monde « entier. »

Idem, vol. III, p. 31.

« Nous jetâmes en passant un coup d'œil superficiel sur quatre « temples qui seraient des merveilles à Rome et qui ici ressem- « blent à des œuvres de nains. »

Idem.

il fondé, formé, accru? On a commencé par des cabanes dans les îles de la Seine; la Seine protégeait et nourrissait les habitants de ses îles; la rivière servait de grand chemin, elle apportait à la bourgade, à vil prix et presque sans peine, les arbres abattus sur ses bords et sur ceux de la Marne. Le sol a donné des pierres dès qu'on les lui a demandées, et du plâtre; quant aux vivres, la rivière et la forêt y ont pourvu d'abord, puis des troupeaux et quelques plaines défrichées : voilà des éléments de prospérité. Supprimez la Seine, plus de ville; avec un ruisseau vous auriez un village, avec des sources une chaumière, un ermitage, parce qu'il faut, pour fonder une ville, un chemin naturel, des matériaux à bas prix et sous la main, des vivres en abondance, et que tout cela puisse toujours affluer, comme nous voyons toutes choses affluer à Londres par la Tamise, à Paris par la Seine, la Marne, l'Oise et l'Yonne, et encore faut-il une grande nation dont la grande ville soit la tête.

Quelques circonstances prouvent que la cessation de la vie sociale et des travaux dans les villes de Balbeck et de Palmyre a été instantanée. Nous lisons : « L'architec- « ture n'a jamais rien produit de plus riche que ce mo- « nument; on peut s'en former une idée par les plafonds « du péristyle, etc. (Il s'agit d'un temple à Balbeck.) Les « colonnes intérieures sont cannelées ainsi que la frise; « si les colonnes de l'extérieur sont lisses, on aperçoit « cependant qu'elles devaient recevoir le même orne- « ment, comme l'indiquent celles du vestibule, dont les « cannelures furent commencées et restèrent impar- « faites (1). » Et le voyage d'un Arabe à Palmyre (2):

(1) *Encyclopédie Méthodique,* article Balbeck.
(2) Heeren.

« Nous remarquâmes une grotte dans laquelle il y avait
« une belle colonne en marbre blanc, taillée et ciselée,
« et une autre seulement terminée à moitié. » M. de
Lamartine a vu dans une carrière près de Balbeck, un
bloc immense taillé sur trois faces. Ainsi ces villes ont
eu le sort d'Herculanum et de Pompéï, par une cause
toute différente, et si l'on creusait le sol à l'entour, on re-
trouverait la terre arable, le lit du fleuve, la physiono-
mie du pays. On pourrait en recréer l'image, comme on
a pu dresser le plan de la France septentrionale antérieure au dernier cataclysme (1).

(1) « Le limon argileux qui a formé cette région (la Susiane),
« recouvre un lit de sable et d'argile tenace, d'un bleu foncé.
« L'origine sous-marine de ce dépôt est attestée par le grand
« nombre de coquillages qu'on y rencontre ; ils appartiennent
« tous à des espèces que l'on pêche encore dans le golfe
« Persique. »
Bibliothèque de Genêve, n° 41, *Expédition sur l'Euphrate*,
p. 125.

FIN.

BIBLIOTHÈQUE ROYALE

BIBLIOTHEQUE NATIONALE DE FRANCE

3 7531 04655136 3

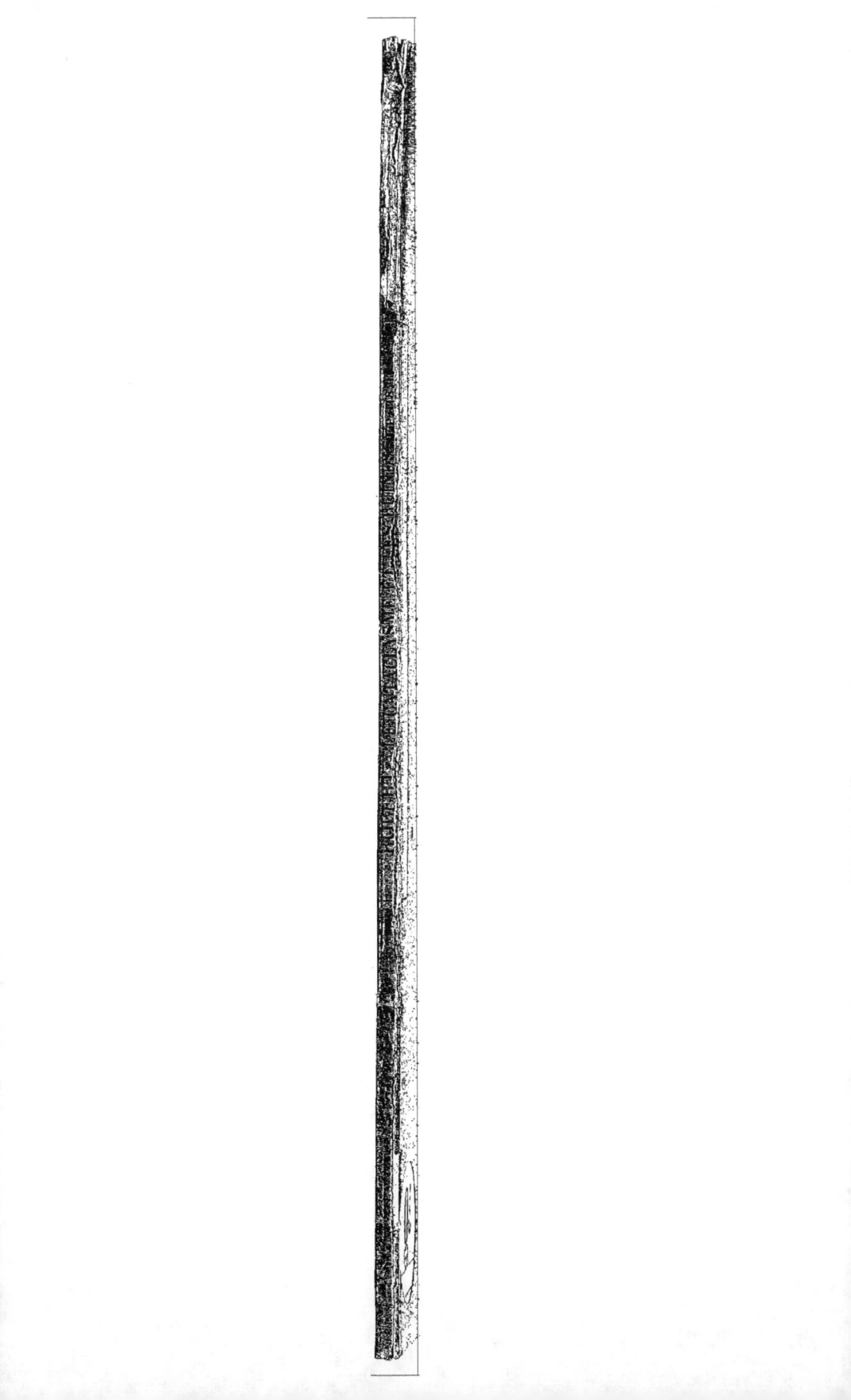

www.ingramcontent.com/pod-product-compliance
Lightning Source LLC
Chambersburg PA
CBHW061741180626
46818CB00006B/2691